André Lobo

CARIMBADOR MALUCO

"ou Plunct Plact Zuuumm!"

André Lobo

CARIMBADOR MALUCO

ou Plunct Plact Zuuumm!

SENDAS edições

Coordenador Editorial
Sálvio Nienkötter

Editor Executivo
Claudecir de Oliveira Rocha

Editores-Adjuntos
Daniel Osiecki
João Lucas Dusi

Capa
Carlos Garcia Fernandes

Projeto Gráfico
Andre Luiz C. Mendes

Produção
Cristiane Nienkötter

Dados Internacionais de Catalogação na Publicação (CIP)
Angélica Ilacqua - CRB-8/7057

Lobo, André
Carimbador maluco : ou Plunct Plact Zuuumm! / André Lobo. -- Curitiba : Kotter Editorial, 2022.
72p.

ISBN 978-65-5361-134-4

1. Ficção brasileira I. Título

22-4521 CDD B869.3

Kotter Editorial
Rua das Cerejeiras, 194
82700-510 | Curitiba/PR
+55 41 3585-5161 | www.kotter.com.br | contato@kotter.com.br

1ª Edição | 2022

Dedico esta obra aos familiares das vítimas da pandemia de COVID-19 de 2020, 2021 e 2022.

André Lobo

CARIMBADOR MALUCO

ou Plunct Plact Zuuumm!

Agradeço à Deus, ao poeta, cantor e profeta Raul Seixas,
à minha mãe Maria Adriana Machado Lobo e Silva,
ao meu pai Francisco Ricardo Lobo e Silva
e ao meu irmão Tiago Machado Lobo e Silva.

Obrigado!

CARIMBADOR MALUCO

ou Plunct Plact Zuuumm!

Sumário

Carimbador Maluco ou Plunct Plact Zuuumm!

CONFIDENCIAL

NOTA

Todos os acontecimentos narrados nesta obra são fictícios e quaisquer semelhanças com a realidade não passam de meras coincidências.

CARIMBADOR MALUCO

ou Plunct Plact Zuuumm!

Parte Um

Cap. 1 – Alê

Alexandre Bons-Campos era um preto concursado servidor público municipal no cargo de almoxarife do departamento de Saúde da cidade de Santo Caiado. Às vésperas de seus 40 anos e já com os cabelos embranquecidos, ele ponderava sobre textos sagrados e buscava a paz interior. Refletia:

"Batimentos cardíacos, aspirações de ar e os pensamentos são os três mecanismos que nunca param, os verdadeiros pilares daquilo que chamamos de vida.

Controle de pensamentos. Pensamentos são como ondas de celular que pairam sobre as cabeças dos humanos em grandes formações como se fossem nuvens de fumaças. Estamos vulneráveis às suas influências. Temos muita dificuldade em controla-los. Consequentemente, nos tornamos incapazes de enxergar dentro de nós mesmos as sombras e as dores do mundo. Compaixão é a grande arma contra o lado obscuro desses pensamentos. Ouvir a voz da virtude, do silêncio, é o mesmo que enxergar dentro de si todos os cantos dos corações dos homens e se perceber além da heresia da individualidade, como UNO.

Às vezes, cometemos erros terríveis, que despontam como grandes enchentes de rios rompendo as barricadas de nossa vigilância. Estes erros e arroubos de raiva, ira, ódio ou fúria, são inescapáveis uma vez que estamos em ressonância com espíritos e pensamentos vingativos de outrem, pois encontram dentro de nós mesmos algo que lhes é semelhante."

Cap. 2 – Sobre a Natureza dos Pensamentos

A primeira lei da tradição hermética diz: "O Todo é Mente, o Universo é Mental". Analisemos algumas das ramificações filosóficas deste antigo ensinamento.

Vingar-se e matar um homem é uma tarefa cuja execução é muito fácil. Tanto que não nos surpreende imaginar que nas civilizações antigas, muitos conflitos simples, familiares, e, muitas vezes bobos, terminavam em tragédias como o homicídio. Atualmente, temos leis e punições que inibem tais práticas instintivamente animalescas que ainda existem dentro de nós. Embora matar seja uma tarefa fácil, pois bastaria uma simples tesoura para tirar a vida de uma pessoa (em verdade, às vezes, uma simples palavra traiçoeira e mentirosa, que desinforma, pode causar a morte de uma, ou até de milhares de pessoas). As consequências de um ato a partir de nossos pensamentos são terríveis, praticamente inescapáveis em um espiral de drama espiritual que, na maioria das vezes, se estende por mais de uma vida.

Difícil mesmo é o caminho da compaixão! Seguir a Lei Divina, procurando reconhecer dentro de si mesmo os mesmos defeitos e erros que apontamos nos outros, e, observando maldade oriunda dos nossos pensamentos, como quem se encontra em um conto de fadas e percebe a mente se dividindo em duas, de um lado, os pensamentos de ódio e vingança como se fosse um pequeno diabinho a assoprar em nosso ouvido, e de outro, um anjo ou fada que nos diz a realidade do sopro divino, intentando-nos a nos inclinar para o caminho da Lei da compaixão absoluta.

Muito, mais muitíssimo difícil mesmo é dominar nossos pensamentos escuros e maléficos, afogando-os sem os alimentar, e dar ouvidos aos pensamentos benevolentes, de longeva frutificação, sem nos abalar com vitórias e derrotas, críticas e elogios, praticando o desapego do egocentrismo.

Assim, a realidade física de nossos corpos bário e fermiônicos, não é senão a projeção da energia de nossos pensamentos no espaço-tempo da matéria. "O Todo é Mente, o Universo é Mental". Para criar uma realidade mais agradável e menos grotesca, é necessário limpar os próprios pensamentos com a mesma insistência de alguém que varre a sujeira de uma imensa praia.

O corpo físico, os prédios em que moro e trabalho, até a cidade e a língua na qual escrevo, um dia perecerão... e, mesmo assim, alguns antigos pensamentos permanecerão permeando os milênios das gerações futuras.

Deste modo, Alexandre Bons Campos meditava e refletia.

Cap. 3 – Choque?

Certo dia, Alexandre estava fazendo hora extra no almoxarifado do Centro de Saúde, como fazia cotidianamente, apesar de não receber adicionais por isso, diferentemente de outros funcionários não-concursados que recebiam inúmeras horas extras sem sequer cumpri-las. Calmamente terminava de carimbar as últimas notas fiscais de aquisição de compressas de gazes e papel para impressão.

Enquanto carimbava, ponderava sobre seu serviço, sobre a vida, o universo e tudo mais. Sua vida passava em sua mente. Lembrava-se de tudo que viveu, da escola, dos falecidos pais, das namoradas, dos empregos. Pensava em como tinha se tornado um típico burocrata ranzinza e resmungão, daqueles que, quando era criança, dizia que jamais se tornaria, embora, modéstia à parte, sabia que executava um trabalho exemplar. Além do bar do José, onde gostava de encontrar alguns antigos conhecidos, não havia mais momentos de felicidade na sua vida. No dia seguinte, lembrou que seria sexta-feira, tomaria seu banho, escovaria os dentes, tomaria um café e chegando ao posto de saúde, se sentaria em sua mesa com seu computador preencheria formulários, planilhas de Excel e a bateria carimbos.

No momento em que ele terminava de carimbar os documentos, ouvia e cantarolava Raul Seixas – "Tem que ser selado, registrado, carimbado, avaliado, rotulado, se quiser voar! Pra Lua, a taxa é alta, pro Sol: identidade, mas já pro seu foguete viajar pelo Universo é preciso meu carimbo dando sim, sim, sim, sim!" – nas caixinhas de som do computador, algo que não ocorria há 26 mil anos, tornou a ocorrer. Em uma atípica ordenação dos astros e dos pensamentos dos humanos, calhou de condensar na mente de Alexandre, uma poderosa psique paranormal. Quando olhou pela janela e viu o pôr do sol, abateu sobre ele, como que um relâmpago invisível aos olhos, o mais fulminante dos pensamentos, e, no exato momento em que batia o último carimbo, algo de surreal se passava despercebidamente.

A princípio, pensou ter se tratado de alguma espécie de choque que levara sem ver, talvez seu celular no bolso, ou talvez teria encostado em algum fio sem perceber, mas, enfim, para ele, aquele evento não seria nada de incrível.

Cap. 4 – Autoridades Medíocres

O poder público do grande município onde Alexandre trabalhava e residia era quase que, por completo, corrupto - Padrão no Brasil desde o início do século XXI.

Ele era um dos únicos remanescentes do funcionalismo que não aceitava propina, nem cometia peculato, ou oferecia qualquer tipo de benefício indevido em prejuízo dos cofres da união, mas se frustrou de tanto ver entrarem e saírem prefeitos, e chefes de gabinetes e quase todos corruptos.

De fato, é difícil entender como alguém poderia roubar tanto de quem tem menos, isto é, os cargos de chefes dos poderes executivos talvez sejam o reflexo daquilo do que há de pior dentro dos brasileiros. Na eleição muitos votam com o fígado, com raiva, ódio, rancor, vingança e, desesperança.

O governo fez tudo que poderia para roubar verbas destinadas à vacinação da população durante uma pandemia que chegou a fazer mais de 300 mortos por dia naquele município.

O chefe local do executivo não aceitou os acordos oficiais com os laboratórios sérios, ao invés disso, tentou alocar terceiros, mercenários, para interferirem nas transações e assim desviarem o máximo possível de dinheiro destinado à saúde pública. O atual governante havia praticado um verdadeiro genocídio contra a população. Não que as corrupções de outrora, como os pagamentos mensais de propina a partir do preço superfaturado dos combustíveis, obtenção de imóveis de veraneio com dinheiro público e dos supremos ministros que vendiam vagas e sentenças, não tenha resultado em mortes, mas, desta vez, o genocídio era claro e escancarado. Havia pouca oposição, já que o oponente eleitoral do Verminizo era seu grande amigo e comparsa, Razatão. Os dois estavam se revezando no poder, escondendo a sujeira de um na sujeira do outro, mas apenas em época de eleição, pois, de fato, eram unidos em prol da própria impunidade e em prejuízo da vida do povo.

Só prosperava nos governos de Razatão e Verminizo aquelas pessoas que nunca haviam conseguido passar em provas e concursos, nem obtiveram mérito algum e que só conseguiam empregos e ganhavam muito dinheiro sendo coniventes com os mafiosos sociopatas.

A Câmara Municipal contava com vereadores mais ignorantes e corruptos possível. O presidente da câmara era um homem alto e cabeludo, com um ninho de pombo no topo da cabeça, e tinha por hobby ajudar os estupradores a saírem da cadeia, dentre outras falcatruas. Ele já havia sido indiciado por enforcar a própria esposa, mas até mesmo os mais eficientes profissionais de comunicação e jornalismo da cidade o tratavam como um nobre da alta realeza, oferecendo-lhe inclusive pizza ao vivo nas suas entrevistas.

Os vereadores passavam os dias com seus celulares, caçando infiltrações em prédios públicos para postarem em suas redes sociais fingindo se preocuparem com a comunidade, mas, estavam apenas interessados em continuar recebendo seus salários sem fazer nada de relevante. Realmente, os vereadores de Santo Caiado mal sabiam ler, e, quando liam, não conseguiam entender o que estavam lendo. Eram cúmplices de Razatão e Verminizo, fazendo oposição só de mentirinha para os poucos "ingleses" da cidade verem.

A pequena corrupção, aquela que um servidor municipal pede propina para passar um cidadão na frente da fila de atendimento, atingia cerca de 11% da população que alegava ter sido vítima. Já a grande corrupção, da elite financeira e política, praticada por 10% da população mais poderosa de Santo Caiado, sendo que a maioria desses eram corruptos ativos. A legislação municipal era confeccionada sob medida pelos vereadores e funcionários de 'confiança' para servir aos interesses privados dos bandidos.

As pessoas não tinham mais pudor algum em relação às mortes causadas pelo desgoverno. Diziam coisas como "então, né gente, que coisa hein, matou tanta gente e tá aí governando na boa", enquanto outros tantos continuavam aplaudindo os genocidas, vivendo em uma espécie de universo paralelo, diatópico, invertendo, até mesmo, o sentido das palavras.

De fato, Alexandre se encontrara cansado de lutar contra tanta corrupção, em todos os níveis. Diariamente, tinha contato com ouvidorias e ministérios públicos, órgãos que deveriam fiscalizar os representantes do poder executivo, mas que, também, com o passar dos anos, percebera que os promotores e agentes do Ministério Público estavam mais interessados em aumentar seus próprios salários e serem tratados como pequenos reis, do que em fazer qualquer boa ação que resultasse em benefício para a população mais carente.

Os advogados e os médicos da cidade estavam entre os mais corruptos. Leiloavam na surdina cargos entre si, assim como juízes que vendiam sentenças a quem pagasse mais e, médicos faziam diagnósticos conforme o bolso do paciente, alguns, inclusive, chegaram a fazer experimentações em bebês e outros pacientes, apenas para venderem mais medicamentos de contratos escusos de patrocínio com os fabricantes. Os partidos políticos, que tinham engajamento na cidade, funcionavam como mesas de negócios com lobistas, afastando novas lideranças. As coberturas dos prédios dos milionários sempre estavam mais sujas e cheias de viciados do que qualquer "cracolândia" da marginalidade. Os pastores mais famosos, assim como os proeminentes padres e rabinos eram tão corruptos quanto se esperava, salvo raras exceções que confirmam a regra.

E assim seguia Alexandre a combater com todo seu mau humor os males dos corruptos do município. Pensava consigo: "– O que será que se passa na cabeça do Verminizo? Como pode ser tão cruel?! Hoje ouvi a fofoca de que ele chora no banho; mas será que não se arrepende de sua corrupção? Será que ele realmente acredita nessa idiotice de que se os outros que vieram antes, roubaram, então ele tem que roubar também?! Não percebe que é exatamente o oposto? Até os filhos dele foram colocados na câmara dos vereadores e sabe-se dos maiores absurdos sobre suas com milicianos e homicidas das favelas das quais supostamente controlam os votos."

Lembrava de sua falecida amiga, vereadora séria e honesta que fora friamente assassinada pelos comparsas do atual governante. Todos sabiam da verdade, mas a polícia nada fazia. Pelo contrário, pouquíssimos eram os policiais honestos, em maioria tinham sido imbecilizados por um curso online de um nazi-fascista, absolutamente um psicopata, o qual os PMs chamavam-no professor. A 'loucura' andava armada pela cidade. Os policiais perseguiam quem estivesse fumando maconha e faziam vista grossa perante a corrupção dos políticos, juízes, médicos, e outros assassinos de aluguel. Roubos, viravam lendas, pois os boletins de ocorrência resultavam em alguma ação concreta em cerca de 1% das vezes. Quando os policiais localizavam algum objeto de roubo ou aprendiam alguma quantidade de drogas, geralmente eles mesmos se apossavam destes ilícitos, a fim de revendê-los. Ora, a maior parte dos armamentos comprados pelos traficantes era vendida por policiais e generais de exército, principalmente os que são corruptos.

As forças armadas estavam em completa posição de subserviência aos genocidas. Contam que o comandante do exército e Verminizo riram das mortes da pandemia. Alguns até comentavam que o comandante do exército teria dito "que vacina o quê?! Mandem sacos pretos e não me encham o saco!" em relação às exigências pela prontidão de entrega de medicamentos aos munícipes.

A realidade em Santo Caiado era a seguinte: quem for honesto, trabalhar e estudar estará condenado à pobreza e zombaria. Quem for corrupto e lamber de botas das autoridades, receberá benefícios indevidos às custas das vidas dos outros. Os bandidos se orgulhavam da sua própria ignorância, batiam no peito pra dizer que nunca tinham lido um único livro sequer, negando a ciência e qualquer outro resquício de inteligência e civilidade.

Era uma situação de cartas marcadas, se os cargos e posições de autoridades as instituições da cidade estivessem sob o poder de certas pessoas, a corrupção rolaria solta. E ai de quem se opusesse aos genocidas. Recebiam dinheiro de bilionários fascistas estrangeiros que financiavam a produção de notícias falsas. As próximas eleições indicavam claramente uma ameaça à frágil estrutura democrática restante, prenúncios de uma guerra civil ou uma revolução.

A população empobrecia dia após dia, a fome se alastrava, viam-se famílias inteiras lutarem por comida junto aos caminhões de lixo. Quando conseguiam fazer uma sopa com restos de ossos, agradeciam como se fosse um verdadeiro manjar dos deuses. Havia todo um aparato de programas de assistências sociais para auxiliarem os mais pobres, mas a corrupção dos políticos fazia com que a maior parte deste dinheiro fosse desviado para financiar campanhas e outros agregadores do governo.

CARIMBADOR MALUCO
ou Plunct Plact Zuuumm!

Parte Dois

Cap. 5 – Carimbador Maluco

Alexandre passou as últimas semanas tentando não pensar nos “assassinatos” causados por uma doença que alastrava dia a dia mesmo existindo vacina e que ainda não havia sido erradicada devido à ganancia e à ignorância de certos governantes. Ele respirava fundo a todo momento, tentando manter a calma.

Naquela sexta-feira, percebeu que havia algo esquisito, pois todos os documentos que ele carimbava, em poucos instantes, voltavam com os devidos encaminhamentos já resolvidos. Depois do final de semana, na segunda-feira, ele teve certeza de que algo muito estranho estava acontecendo.

Tudo e qualquer coisa que ele carimbasse, determinando a tarefa para qual o documento se destinava, ela se realizava como num passe de mágica. Por exemplo, há meses um senhor de idade ia todas as semanas ao Centro de Saúde pedir um par de óculos para sua neta. Este senhor perdeu sua esposa e filhas falecidas no genocídio, restou-lhe apenas a neta que tinha sido diagnosticada com problema de visão e necessitava de óculos para prosseguir com os anos escolares. Alexandre tentava persuadir os sanguessugas do departamento de compras da prefeitura para ajuda-lo, mas os responsáveis diziam que aquele senhor não votava mais, então não lhes importava.

Naquele dia, ele carimbou uma nota fiscal relativa à compra desses óculos, e, como que em um passe de mágica, a ótica já havia recebido o dinheiro da tesouraria, com nota fiscal para a contabilidade e a menina já estava com lentes corretivas em mãos, tudo com o devido trâmite legal resolvido.

Usualmente, qualquer nota fiscal ou requisição demorava em média de 15 a 20 dias para retornar com qualquer tipo de resposta, mesmo que negativa, isso quando eram respondidas, pois a maioria eram absolutamente ignoradas.

E não foi apenas os óculos da menina, mas Alexandre notou que qualquer documento que carimbasse, sobre qualquer assunto, seu propósito era misteriosa e instantaneamente realizado, sem que pessoas envolvidas nem sequer se lembrassem de terem cumprido o trâmite legal das burocracias públicas.

Após o horário de expediente daquela segunda-feira, resolveu fazer um teste.

– Fala Marceleza!!!!

– Faaala Alê! Bão demais ou bão demais?! – respondeu o Marcelo, funcionário da gráfica local e um dos poucos amigos honestos de Alexandre.

– Marceleza! Preciso de um favorzaço seu, meu parceiro! Descola uns carimbos pra mim com estes dizeres aqui! É pra uma experiência pessoal que vou fazer em casa no final de semana. – disse, entregando-lhe um papel com algumas frases.

– Quer um carimbo com cada uma dessas frases?! Quarta-feira tá no jeito, meu querido. Se fossem os outros almoxarifes, perguntaria se querem empenhar na OF da prefeitura, mas como é você... perguntou respondendo enquanto já recebia o dinheiro das mãos de Alexandre referente à confecção dos carimbos. – Tem 10 a mais aqui!

– Fica pra ti parça, toma um refri final de semana! – respondeu Alexandre se retirando depressa e deixando dinheiro para o amigo.

CONFIDENCIAL

Cap. 6 – Colegas

Dentre os mais de mil funcionários do departamento municipal de saúde, poucos eram os que Alexandre tinha real apreço. Não desgostava, em verdade, de ninguém, mas se sentia demasiadamente diferente da maior parte deles, que só se importavam com seus salários e nada mais.

Marina era a encarregada da Farmácia Municipal, a qual Alexandre, enquanto almoxarife, deveria manter abastecida. Marina tinha dois diplomas de graduação, de biomédica e um de farmacêutica, além disso, era uma excelente profissional e uma ótima pessoa, casada, com dois filhos. Ele costumava dizer que ela era 'uma mulher de verdade'. Estava sempre perfumada e cheirosa, diferente dele que só usava desodorante e raramente se perfumava. Ela era uma das poucas pessoas em cargos de liderança que ele confiava. A estagiária que mais ajudava Marina, chamava-se Bia, uma menina de cerca de 20 anos cuja doçura e inocência não haviam iguais.

A faxineira do Centro de Saúde, Néia, era uma das pessoas com as quais Alexandre mais gostava de conversar. Não havia nela qualquer traço de intelectualismo vazio, mais uma profunda e concreta reflexão real de alguém que sabia da vida além dos arquétipos de conhecimento da moda vigente.

Néia morava na roça e, vinha todos os dias para a cidade para trabalhar no Centro de Saúde e sempre que Alexandre saia para fumar ao lado da lavanderia, encontrava com ela e batiam um ameno e delicioso papo.

No andar de cima do almoxarifado ficava a sala de injeção, que sempre ressoava a eterna sinfonia dos gritos das crianças sendo vacinadas. A funcionária encarregada pelas injeções chamava-se Júlia, uma esbelta mulher com seus 50 e poucos anos, mas, talvez, por ter passado a vida aplicando injeções tornou-se mais ranzinza e rabugenta do que Alexandre. Ele gostava de ouvir Júlia reclamar de seu serviço, de pelo menos uma vez por semana, de certa forma, lhe dava forças para continuar sua caminhada.

O jovem aprendiz de 19 anos que o ajudava no almoxarifado chamava-se Daniel e tinha os olhos azuis. Alexandre costumava ir trabalhar com camisetas gola polo, geralmente brancas, calças jeans azuis e sapa-tênis, já Daniel usava uma camiseta de uniforme azul marinho de jovem aprendiz e calças jeans com tênis.

O encarregado das ambulâncias, Néd, não era um sujeito de todo mal, em verdade, seu coração era bom, embora apoiasse os corruptos em praticamente todos os seus atos.

Ninguém é 100 % benevolente e ninguém é 100 % maligno. Todos temos sombras e luzes dentro de nós. Cabe a nós alimentarmos os pensamentos de luz e combatermos os pensamentos malignos, de forma a nos tornarmos pessoas melhores.

APROVADO

Cap. 7 – Plunct Plact Zuuumm!

Após uma semana, Alexandre tinha certeza de que tudo o que carimbava, magicamente acontecia, sem qualquer tipo de atrito com o destino, pois em questão de minutos, todos os problemas da cadeia de pessoas envolvidas no passo a passo dos processos burocráticos eram resolvidos sem que lembrassem como acontecera. Principalmente depois que pegou os carimbos que havia encomendado com Marcelo.

Chegando em casa, a primeira coisa que fez foi carimbar sua gata de estimação com o carimbo: "não arranharás o sofá", e depois de colocá-la de fronte as pernas do sofá; – já arranhadas por sua gata Xaninha, uma enorme bichana preta que pesava uns 11 quilogramas e comia tanto quanto uma pequena capivara; – simplesmente parecia não reconhecer o sofá. Depois carimbou do lado oposto da gata: "usará o vaso sanitário", e ela foi ao banheiro, colocou-se de cócoras sobre o sanitário e fez suas necessidades fisiológicas como uma criança.

Alexandre ficou chocado com tudo o que estava acontecendo! Seus carimbos tinham um poder paranormal!

Levou a bichana para o chuveirinho e, com a água morna lavou as marcações dela, depois, enxugou-a e a soltou na sala, e, em instantes, ela pôs-se a arranhar o sofá. Ele colocou

The Great Gig in the Sky, do álbum *Dark Side of the Moon*, da banda Pink Floyd para tocar enquanto refletia sobre os recentes eventos e contemplava um tabuleiro de xadrez.

Ele havia criado uma modalidade experimental do jogo de xadrez que consistia em montar o tabuleiro ao contrário, com as casas pretas ficando nas pontas direitas inferiores. As peças pretas abrem o jogo ao invés das brancas. Os peões que avançarem duas casas no primeiro movimento, têm a opção de voltar uma casa, como uma espécie de 'en passant' defensivo ao contrário (esse é o único tipo de movimento possível de peão voltando para trás, e só seria possível até que qualquer outro movimento de peão fosse efetuado). E claro, a organização das peças segue as regras do xadrez 960, isto é, a cada partida suas posições são sortidas, sendo que, obrigatoriamente, as torres devem estar uma de cada lado do rei para que exista o movimento do "roque", e os bispos têm tem que estar casas de coloração oposta, para não ocorrer de se começar um jogo com todos os bispos em casas brancas, por exemplo.

Na partida contra si mesmo, a posição das peças, da esquerda para a direita, sorteada, dama, bispo, bispo, torre, cavalo, rei, cavalo, torre. As pretas abriram com 4-E, as brancas jogaram cavalo de 7 para 6-C e as pretas voltavam o peão para 4-F.

Na semana seguinte, quando Daniel chegou ao almoxarife, Alexandre rapidamente o colocou pra dentro da sala e trancou a porta.

– Dani! Você não vai acreditar no que aconteceu. – disse para o seu aprendiz.

– Não vai me dizer que o cara das próteses dentárias já ligou de novo?! Não são nem 8 horas da manhã ainda...

– Não é isso. Algo muito maior e mais importante. Algo incrível!

– Desencalhou?!!! Hauahauhaa, meu chefe desencalhou, aleluia!!!! Quantos anos sem dar uma chefe??!

– Nada disso, energúmeno! Os carimbos! Algo aconteceu! Não me pergunte como, porque não sei! Mas o fato é que, qualquer coisa que eu carimbo, acontece imediatamente!

– Alê, você não devia beber tanto aos domingos, negão! Na segunda pela manhã, parece que viu um fantasma!

– É sério! Façamos os testes!

Eles fizeram alguns testes no almoxarifado e perceberam que realmente qualquer coisa que ele carimbava acontecia. Notas fiscais, requisições e ordens de fornecimento antigas que não prosperavam, magicamente se realizavam uma vez que carimbadas. Mesmo as notas ou outros documentos que Alexandre duvidava da sua procedência, como as dos departamentos de Licitações e Compras, bastava que carimbasse "indeferido" ou "arquivado" - os documentos eram esquecidos como se fosse feitiçaria. Não importava se o carimbo fosse feito de madeira, automático, eletrônico, a tinta ou qualquer outra coisa, era batata. O serviço nunca estivera tão em dia, todas as planilhas preenchidas, os materiais do depósito contados e os departamentos abastecidos.

– Já sei! – disse Daniel. – Vou carimbar a Néia com o carimbo "Alegria" que o Marceleza fez pra você. Ela tá triste porque não gosta do carnaval. Vamos ver se funciona.

– "Alegria" né! Não vai carimbar com o 'diarreia' na coitada da Néia.

– "Alegria", confirmado chefe!

Daniel se aproximou como quem não quer nada da faxineira Néia que estava na lavanderia, Alexandre vinha logo atrás dele com um cigarro. Daniel contou algumas piadas e depois abraçou Néia, carimbando "alegria" em suas costas.

Ao se soltarem do abraço, Daniel prontamente percebeu que Néia irradiava uma alegria profunda e sincera. Ela sorria, ria e gargalhava, dizia não entender porque, de repente, se sentia tão alegre.

Daniel olhou pra Alexandre que fumava, observando do canto.

– "Plunct Plact Zuuumm!" – disse Alexandre respondendo ao olhar.

APROVADO

Cap. 8 – Jornal

Na manhã seguinte, no jornal diário "Bom Dia Brasil", o jornalista André Carlozzo falava sobre as festividades que se aproximavam:

"– Bom dia, meus amores! Abrimos hoje nosso programa com o saudoso Raul Seixas em sua inesquecível "Ouro de Tolo". Como todos sabemos, ano passado não teve carnaval devido ao genocídio, ou melhor, pandemicídio causado pelo desgoverno atual. Esse ano, graças à vacinação e apesar do Verminizo, teremos novamente nossa festa. Além da pipoca, o governo municipal já anunciou que fará uma área VIP para todos os funcionários públicos. Daqui a pouco, teremos mais informações, mas vamos agora à Capital do país com a jornalista Lorenza Marlecceto.

– Pois é Carlozzo, aqui pela Capital, o tempo é seco e os radicais prometem guerra..."

Ouvindo pela rádio do carro, Alexandre teve uma ideia em relação ao carnaval e seus poderes de carimbador maluco.

Chegando ao almoxarifado:

– Dani, tenho uma ideia para o final de semana do carnaval. Vou te comprar o ingresso VIP para você me ajudar. Todos estarão lá. O juiz Desalma, o doutor Pesadroga, o ex-prefeito Razatão e o atual Verminizo, além de outros corruptos! Temos uma chance de carimbá-los com a palavra "honestidade" e libertar nossa cidade desses corruptos. Mas preciso da sua ajuda. Não sei por quanto tempo esse 'poder' vai durar, pode ser que nem dure até o carnaval, ou pode durar pra sempre, então vamos fazer aquilo que está ao nosso alcance o quanto antes!

– Pra ontem, chefia! Até que enfim vamos ver se algo de bom acontece nessa cidade. E chefe, já pensou em carimbar a si mesmo com "milionário"?

– Nem brinca! Deus me livre! – respondeu Alexandre. – Dinheiro pra quê? Eu já tenho tudo, casa, comida, gata de estimação, e o suficiente pra beber e fumar, vou querer mais o quê?! Sou grato por tudo que tenho, e não desejo nada material, gostaria apenas de ver um mundo um pouco melhor antes de ir embora.

– Huahauhauhaua!!! Esse é o meu chefe! – finalizou Daniel.

Cap. 9 – Carnaval

No domingo de Carnaval, Alexandre planejou tudo com Daniel, de como iriam carimbar "honestidade" no prefeito Verminizo, no ex-prefeito Razatão e no médico Pesadroga. O almoxarife e seu ajudante prepararam um saco cheio de carimbos com dizeres de carnaval como 'alegria' a fim de distribuírem para as pessoas no meio da festa com o intuito de amenizar a estranheza, pois se houvessem mais pessoas carimbando umas às outras, mais fácil seria carimbar os mafiosos. Além disso, Alexandre preparou uma tinta especial que só sairia depois de uns 3 ou 4 banhos.

– Alê, o juiz Desalma vai estar por lá também, não vamos carimbar ele?! – perguntou Daniel.

– Não Dani! Ele tem um conceito errado de honestidade, ele realmente acredita que é honesto, por isso não vai funcionar com ele. Para o Desalma, preparei um carimbo diferente! – respondeu mostrando um carimbo escrito "Me Chute!".

O plano correra bem, em pouco tempo, as pessoas começaram a carimbar umas às outras e a moda pegou. Alexandre conseguiu se aproximar dos poderosos chefões da máfia do sistema, incluindo o comandante do exército, sem causar alarde e carimbou nas nucas de muitos indivíduos com a carimbo escrito “honestidade”.

No dia seguinte, segunda-feira, todos os procedimentos legais de auto denunciação foram iniciados. Os próprios corruptos e outros agentes entregaram para o Ministério Púbico documentos que os autoincriminavam. Crimes de todos os tipos, civis, administrativos e penais. Neste dia, não apareceram na folia de carnaval, e após se banharem ao anoitecer, não se viam mais resquícios dos carimbos de Alexandre e os corruptos começaram a se questionar como poderiam ter se autoincriminado daquela forma em tão pouco espaço. Verminizo chegou a abrir um pedido de renúncia, mas cancelou no dia seguinte.

Ligaram uns para os outros e perceberam que tudo que tinham em comum eram palavras carimbadas na nuca na noite de domingo de carnaval. O único que não se autoincriminou foi o juiz Desalma. Na segunda-feira, ouvia-se sobre isso nos botecos logo cedo:

– E o doutô Desalma, que virou a bunda pra todo mundo chutar ontem à noite! Uahuahuahau! Parecia feliz de ter os pés de todos pregados em seu traseiro, deve ter acordado com o rabo inchado! Uhauahuahau!!! – Riam-se comentando sobre a noitada anterior. Alguns, que estavam nas fotos e vídeos do corredor de chutes, diziam não se lembrarem de terem chutado o juiz.

Algumas instituições e ministérios não deram atenção aos atos de autoincriminação das autoridades superiores, alguns eram tão corruptos tanto quanto e logo arquivaram os documentos. No exército, algumas repartições ligeiramente menos envolvidas em corrupção deram prontamente ordem de prisão ao comandante das Forças Armadas por ter sido diretamente responsável pelo genocídio de cerca de 250 mil munícipes de Santo Caiado. Antes do fim do carnaval, muitos picaretas e corruptos endinheirados fugiram do país e tomaram refúgio em países que não os consideravam como terroristas.

CARIMBADOR MALUCO

ou Plunct Plact Zuuumm!

Parte Três

Cap. 10 – Honestidade

Na terça-feira de Carnaval, as autoridades mafiosas traçaram um plano para capturar Alexandre, pois ele era quem havia distribuído os carimbos no domingo.

Quando ele saiu de sua casa para a última noite de folia, foi abordado por sujeitos encapuzados e com trajes militares camuflados e coturnos pretos, altamente armados, que violentamente o renderam, vendaram-no e o transportaram na traseira de uma van alugada. Ao entrarem no veículo, ouviram um barulho no teto como se um galho tivesse caído em cima do automóvel amassando-o.

Ao acordar, Alexandre sentia dores pelo rosto e pelo corpo todo. Percebeu que estava ensanguentado, amarrado a uma cadeira, numa espécie de galpão ou contêiner gigantesco. Via os indivíduos que o sequestraram ao longe. Perto dele estavam Verminizo, Razatão e o doutor Pesadroga.

– Ok Alexandre! Alê?! É como seus amigos lhe chamam, não é?! O que você fez conosco na noite de domingo?! Foi você quem estava distribuindo carimbos! Todos percebemos, depois de um dia, que tínhamos em nossas nucas carimbadas a palavra "honestidade". Ora, ora, quem estava com carimbos no Carnaval senão o almoxarife do Centro de Saúde! – disse

Verminizo enquanto um de seus capangas desferia golpes de socos contra o refém chegando a quebrar um de seus dentes.

– Veja, – continuou Verminizo – somos homens sensatos! Não queremos perder um bom almoxarife, agora, você tem que saber onde é o seu lugar! Diga agora o que fez conosco senão, vamos demitir todos os seus colegas do Centro de Saúde, abrindo processos administrativos contra eles. Se não quiser que inocentes percam seus empregos e terminem na cadeia por crimes que não cometeram, diga imediatamente o que fez conosco.

– Não sei! Algo desceu do Céu! Não sei explicar! Só sei que as coisas que eu carimbo se realizam e isso já acontece faz uns dias. É só o que sei. Se duvidam, façam um teste, mandem fazer um carimbo que eu provo o que estou dizendo.

– Esta é sua última chance de dizer a verdade!

– Essa é a verdade.

– Se for mentira, amanhã mesmo você verá o sofrimento de seus colegas! Pesadroga, manda alguém de nossa caterva ir até a gráfica do Marcelo e pedir, daquele nosso jeito, pra ele fazer um carimbo escrito "bazuca anal" e vamos ver se o almoxarife está dizendo a verdade.

O doutor Pesadroga ordenou que um de sua malta fosse até a casa do Marcelo, armado, obviamente, e pedisse 'com gentileza' que imediatamente fizesse um carimbo escrito "bazuca anal".

Em pouco mais de meia hora, o capanga estava de volta com o carimbo solicitado. Verminizo pegou a mão de Alexandre que continuava amarrado por cordas em uma cadeira e o fez carimbar "bazuca anal em um de seus capangas". Prontamente, o sujeito sentiu uma incontrolável dor de barriga, abaixou as calças ali mesmo e soltou, como que um míssil em uma velocidade assustadora, um torpedo de fezes capaz de derrubar dois de seus outros companheiros.

APROVADO

Cap. 11 – Gata Ninja

Vendo que Alexandre falava a verdade, Verminizo ordenou que fossem até o Marcelo da gráfica mais uma vez e o fizessem produzir carimbos com dizeres de todos os tipos: - "um milhão", "dez milhões", "um bilhão", "dez bilhões", etc, etc.

Os bandidos engravatados conversavam animados com o poder que acabara de cair em suas mãos. Alexandre seria, enquanto seu poder durasse, um fantoche instrumentalizado para realizar os desejos mais obscuros e nojentos daqueles bandidos.

Nisso, enquanto Pesadroga escrevia todas as frases que deveriam mandar carimbar, o galpão sofreu um corte de energia e suas luzes se apagaram em um piscar de olhos. Os capangas da caterva ascenderam suas lanternas e perceberam uma estranha movimentação por detrás dos pilastes e balcões.

– Tem alguma coisa errada! Fiquem espertos! – disse Razatão com sua voz tipicamente rouca e de língua presa.

Como que um 'vento negro' que surgia e desaparecia entre os homens armados, um a um iam caindo. Seus corpos ao serem examinados, apresentavam cortes profundos de facas ou garras na jugular ou outras artérias.

– Tem um demônio aqui dentro! – gritou um dos capangas atirando ao léu.

– Eu vi, é preto! É um gato do diabo! Atirem! – e começaram a atirar em todas as direções do galpão. Apenas o brilho dos olhos do gato preto colossal era visto na escuridão do contêiner.

– Ali está! Peguem o Gato Preto! – gritou o doutor Pesadroga apontando para um enorme gato preto que se punha de pé em dois membros, e portava, não apenas uma adaga e um punhal em duas das suas patas, uma dianteira e uma traseira, mas também tinha um coldre com lâminas de bisturis e giletes prontas para serem atiradas.

O gato pulava entre os homens que atiravam desesperados, mas o animal, com perfeita destreza, parecia desviar de todas as balas, atingindo fatalmente cada um de seus adversários com apenas um único golpe. Dava piruetas, lançava os bisturis acertadamente nos olhos e nos pescoços dos oponentes. Eram tiros de todos os calibres ou tamanhos, quase colocaram o barracão abaixo. No meio do tiroteio, um rádio de pilha caiu no chão e começou tocar a música "*Mundo Animal*", da banda Mamonas Assassinas.

– Matem o gato do inferno! Destruam esse maldito rádio! Áhhhhhhhhhhhhhh!!! – Verminizo gritou suas últimas palavras antes de ser atingido no pescoço por um golpe de adaga do 'gato samurai' ensandecido.

Em poucos minutos, todos os capangas e chefes que se encontravam no galpão estavam caídos.

O gato era a gata de Alexandre que se aproximou e cortou suas cordas que o prendiam. Ele cuspiu sangue em sua mão e lambrecou as costas de sua Gata onde estava carimbado logo acima de seu rabo, único ponto em que ela não lamberia, os dizeres "GATA NINJA".

– Pronto Xaninha! Vamos pra casa.

CONFIDENCIAL

Cap. 12 – Investigação

Assim que Alexandre borrou o carimbo nas costas da gata, ela soltou as armas e passou a miar e roçar normalmente como um gato comum. Ele pegou sua gata levando até o ombro e ligou para o Daniel:

– Dani!

– Tô bebim Alê! Chefinho! Nem dormi ainda! Hahahaha! Fiquei sabendo que nosso plano deu muito certo! Se o Ministério Púbico fosse minimamente mais competente até o Verminizo já estaria preso.

– Dani! Liga para o Néd da ambulância! Passa para ele o endereço que vou te passar. Liga do telefone de outra pessoa qualquer. Diga pra ele vir até esse local com a ambulância. É urgente! Eu carimbei na nuca dele "atenderás ao Dani do almoxarifado", então ele não vai se lembrar de ter falado com você.

– O que se passa chefia?!

– Os corruptos estão no chão! Depois nos falamos mais. Abraço.

Néd acordou às 5 da manhã na Quarta-Feira de Cinzas com a ligação de Dani e, prontamente, se dirigiu até o local em que estavam os cadáveres de Verminizo, Razatão e do médico Pesadroga. Imediatamente, ligou para a polícia.

Dias depois, a polícia investigava as mortes e concluiu que foi uma espécie de 'anão ninja', esfaqueou os mais altos comandantes da máfia municipal. Alexandre foi interrogado, e seu depoimento foi demasiadamente inconclusivo, pois alegava que tinha sido espancado pelos capangas do Verminizo apenas por ter feito uma brincadeira de Carnaval, carimbando neles qualquer palavra.

Cap. 13 – Sem Poderes

Na quinta-feira pós Carnaval, Alexandre não foi ao seu trabalho, pois tinha passado o dia em médicos e dentistas. Já na sexta-feira, ele estava pensativo, reflexivo, distante.

– Caraca Alê, então os caras descobriram e te arrebentaram.vai pra casa descansar chefia. Eu cuido daqui.

Sem responder, continuava calado. Ele havia carimbado em si mesmo a frase “rápida regeneração” a fim de sarar dos machucados e, embora tenha melhorado muito, desinchado, ainda sentia muita dor nos seus dentes quebrados e amolecidos.

– Alê, estranho, não foi você quem carimbou esta nota aqui? – perguntou Dani mostrando-o uma nota fiscal carimbada, porém retornou com o aviso de ‘indeferida’.

Alexandre estranhou, tirou nova cópia do documento e carimbou novamente. Mais uma vez, Daniel voltou com a nota recusada pelo setor da diretoria.

– O que aconteceu, chefe?

– Acho que acabou, meu poder acabou. Durou apenas alguns dias e, no final das contas, quase morri.

– Você fez o que pôde enquanto pôde, Alê. Fique em paz!

– Quase todos os dias este ano, amanheci com o coração tomado de ódio. Devolvi o mal para o mal. O resultado:

o mal aumentou. A maneira correta de se combater o mal é com o bem. Lutar contra o ódio com ódio, só gera mais ódio. Mas combater o ódio com amor, essa sim é a 'arma' correta a ser usada. Pelo menos, ao amarmos genuinamente nossos inimigos, há uma chance de eles acabarem se tornando nossos aliados, afinal, não desejamos exterminar ninguém, pois é muito melhor trazer os oponentes para o nosso lado. Pensei estar lutando por aquilo que era certo, mas acabei me rebaixando ao mesmo nível dos corruptos. Me vi nos meus carrascos. De agora em diante, farei o possível para combater o mal com o bem, o ódio com o amor. Amor calmo, sereno, daquele que corrige sem ser severo, daquele que endireita sem ser pedante. Só assim, há de haver esperança.

Ficaram os dois pensativos a se entreolharem.

Cap. 14 – Resultados e Reflexões Finais

Alexandre ponderou sobre tudo que fez. Se arrependeu de ter envolvido sua gata de estimação em seus esquemas, pois seria melhor, talvez, se os bandidos tivessem sido presos e demonstrado o exemplo ao restante da população de Santo Caiado.

Ele agradeceu e refletiu sobre seus próprios pensamentos. O mundo lá fora não mudou tanto assim. Menos corruptos e mais atos de honestidade. O que de fato havia mudado era ele, Alexandre. Matar os bandidos não resolveria nada. As pessoas tinham de tomar a iniciativa de serem mais honestas. A todo momento, nos é dada a oportunidade de sermos mais justos ou injustos, cabe a cada um fazer o melhor que pudermos, tentando sempre observar combater nossos pensamentos negativos.

A maior parte dos habitantes da cidade seguiu suas vidas como se nada de especial tivesse acontecido. O comandante do exército e alguns outros capangas sobreviventes jaziam na cadeia. Verminizo, Razatão e Pesadroga, falecidos. O juiz Desalma passou dias sem conseguir se sentar direito, mas depois se recuperou. As eleições se aproximavam, haviam alguns candidatos dignos, mas que não figuravam combatividade nas pesquisas. A tragédia continuaria enquanto as pessoas não tomassem as rédeas de suas vidas dizendo 'não' para os corruptos e, mais importante ainda, à corrupção dentro de cada, a fim de se libertarem das falácias de políticos e juízes populistas, demagogos e mentirosos.

Os corruptos haviam conseguido, ao todo, atingir a marca de mais de 600 mil óbitos em Santo Caiado, além de terem conseguido tornar o povo muito mais pobre enquanto eles desvalorizavam as empresas municipais e ganhavam com suas empresas fantasmas nas gringas, com ajuda de extremistas estrangeiros.

No Centro de Saúde a mudança de direção executiva e as semanas de 'Carimbador Maluco' de Alexandre renderam muitos resultados positivos. Há dias que nenhum habitante falecia de doença causada pelo vírus e os recursos públicos, agora, menos assaltados, chegavam onde era necessário, melhorando a qualidade dos serviços e atendimentos dos órgãos públicos do departamento de saúde.

Daniel terminara o tempo de serviço prestado ao Conselho Municipal de Jovens Aprendizes e ingressou em uma universidade para cursar Gestão Pública. A gata Xaninha, depois de 15 anos ao lado de Alexandre, adoecera e acabou falecendo. Alexandre a enterrou à beira do rio Cinza e fez uma oração. Na pequena cruz lia-se: "A melhor Gata do mundo, Xaninha, Fófis, a Gata Ninja!".

Desde que Alexandre meditara a respeito da natureza dos seus pensamentos, sete semanas haviam se passado. De tempos em tempos, ele visitava o local no qual estavam guardados os restos mortais da sua gata e orava por seu espírito.

CONFIDENCIAL

CARIMBADOR MALUCO

ou Plunct Plact Zuuumm!

CARIMBADOR MALUCO

ou Plunct Plact Zuuumm!

André Lobo

CARIMBADOR MALUCO

ou Plunct Plact Zuuumm!

Papel pólen soft 90g/m²

Tipologias Sitka 14 e Agengy FB 20 e 48

Impresso no inverno de 2022